Böcker i denna serie:

kärlek!
vänner!
leenden!
hopp! drömmar!

Pedagogförlaget AB
Box 44
264 21 KLIPPAN
Tel: 0435-135 35
Fax:0435-135 40
www.pedagogforlaget.se
info@pedagogforlaget.se

Illustrationer: Joanna Kidney
Svensk översättning: Agneta Renshult

Tryckt i Kina

ISBN 91-87050-88-9

leenden!

PEDAGOGFÖRLAGET

Alla människor ler

på samma språk.

TALESÄTT

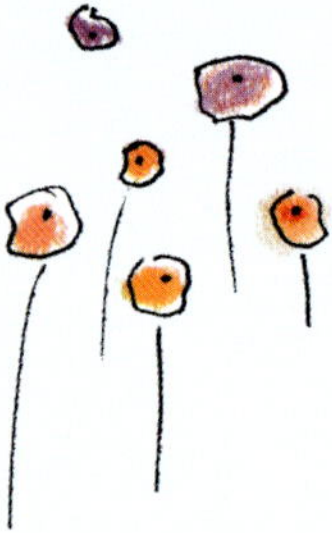

LEENDEN KAN VISSERLIGEN TYCKAS VARA OBETYDLIGHETER; MEN UTSTRÖDDA LÄNGS LIVSVÄGEN ÄR DET GODHET DE ÅSTADKOMMER.

JOSEPH ADDISON (1672-1719)

Ett litet leende
från personen vid kassadisken
eller från bussföraren.
Ett vänligt ord från biträdet på biblioteket.
En trevlig liten pratstund med en man
nere i ett hål i gatan.
En artig garagevakt,
dagen är förändrad.
Hoppet om hela mänskligheten
har återvänt.

PAM BROWN, F.1928

Ett varmt leende
är vänlighetens
universella språk.

WILLIAM ARTHUR WARD

Låt det finnas vänlighet i ditt ansikte,
i dina ögon och i din varma hälsning.
Le alltid vänligt mot barn,
mot den fattige,
mot alla som lider och är ensamma.
Ge dem inte bara din omtanke
utan också ditt hjärta.

MOTHER TERESA (1910–1997)

Skönheten i ett leende,
ett leende i kärlek
och medkänsla –
försvinner aldrig.

HELEN EXLEY

Livet formas inte bara av stora uppoffringar
och plikter utan av små händelser;
leenden och vänlighet som visas
så där i förbigående. Det är detta
som vinner i längden och får en att må bra.

SIR HUMPHRY DAVY (1778–1829)

Kärleken hittar man sällan
i stora åtbörder.
Den visar sig oftast i ett enkelt
litet ord eller ett vänligt leende.

STUART OCH LINDA MACFARLANE

Ett leende är det kortaste

…vståndet mellan två människor.

THE WIT'S DICTIONARY [ANON.]

Ett Lyckobarn
liknar alltid en gammal själ
som lever i en ny kropp.
Dess ansikte
är alltid mycket allvarligt,
ända tills det ler,
och då lyser solen upp världen....

ANNE CAMERON, F. 1938

Vad solsken
är för blommor,
det är leenden för människor.

JOSEPH ADDISON (1672–1719)

Varje leende är unikt
liksom den själ
leendet avspeglar.

ANNE SWÄRD

Om vi i vårt vardagsliv kan le,
om vi kan vara lugna och glada,
så har inte bara vi själva
utan alla glädje av det.

THICH NHAT HANH, F. 1926

FRED BÖRJAR MED ETT LEENDE.

MOTHER TERESA (1910–1997)

Dagen började med mörkt tvivel.
Något verkligt besvärligt att jaga iväg.
Men alla mina bekymmer for sin kos,
när någon log mot mig idag.

OKÄND FÖRFATTARE

*Det första som måste till
är skratt,
för det bestämmer inriktningen
för resten av dagen.*

OSHO (1931–1990), UR "THE ORANGE BOOK"

Det finns människor
med sådan utstrålning,
så behagliga, så vänliga,
som sprider sådan glädje,
att du i deras närvaro instinktivt
känner att de gör dig gott.
När de kommer in i ett rum,
är det som att tända ett ljus där.

HENRY WARD BEECHER (1813–1887)

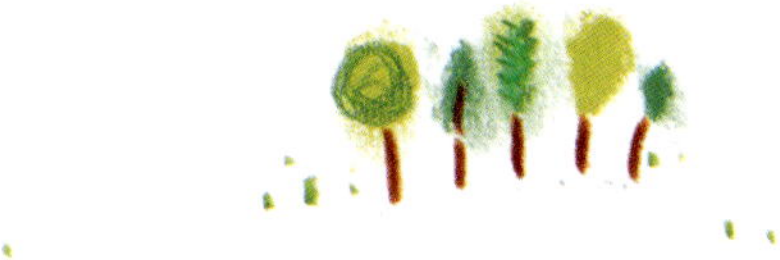

LE IDAG –
VÄNTA INTE TILL I MORGON!

(OKÄND)

Lär dig förstå den fantastiska kraften
i ett uppmuntrande ansikte.
Det ler inte alltid men visar alltid uppriktig
omsorg om sin omgivning.

OLIVER WENDELL HOLMES (1809–1894)

ETT STÄNDIGT GOTT HUMÖR
ÄR EN AV SKAPELSENS FINASTE GÅVOR.

WASHINGTON IRVING (1783–1859)

Människor på gott humör är som solsken,
de livar upp alla i sin omgivning...

HENRY WARD BEECHER (1813–1887)

Handlingar talar högre än ord,
och ett leende säger:
"Jag tycker om dig.
Du gör mig lycklig.
Jag är glad att möta dig."

DALE CARNEGIE (1888-1955)

ETT LEENDE ÄR DET UNIVERSELLA VÄLKOMNANDET.

MAX EASTMAN (1883–1969)

Saker går snett.

Du känner dig nere, misslyckad ...

LE! Öppna åtminstone munnen,

om du inte kan visa ett äkta leende.

Låtsas le, om du måste det.

Alla du möter kommer att må bättre –

och det gör du också.

JODIE "BUBBLES" ALAN

Ett hjärtligt skratt ä

som solsken i ett hus.

WILLIAM MAKEPEACE THACKERAY (1811–1863)

Det finns ingen lag
som ålägger dig att le.
Men du kan göra ditt leende till en gåva;
du kan vara en källa av vänlighet
i din familj.

KAROL WOJTYLA, F.1920

Hon är snäll och vänlig.
Ibland älskar min mor
verkligen mig,
och hon ser på mitt ansikte
och ler mot mig.
Jag går och sätter mig hos henne.

BALBINDER KAUR KALSI

För mig är människors
förmåga att le
en av våra finaste egenskaper.
Inget djur har den gåvan.
Inga hundar, inte ens valar
eller delfiner, som alla är
mycket intelligenta varelser -
inte ens de kan le.

DALAI LAMA, F.1935

Av allt du har på dig
är ditt ansiktsuttryck det viktigaste.

OKÄND FÖRFATTARE

Ett leende
är den billigaste
och mest effektiva
föryngringskrämen
för ansiktet.

HELEN THOMSON

Det behövs bara sjutton muskler för att le,
men fyrtiotre för att se bister ut.
Så gör det du ska göra med ett leende
och det krävs mycket mindre ansträngning.

STUART OCH LINDA MACFARLANE

*Varje minut din mun pekar neråt,
förlorar du sextio sekunder av glädje.*

TOM WALSH

Den mest bortkastade dagen av alla
är den då vi inte har skrattat.

SÉBASTIEN CHAMFORT (1741–1794)

Det spelar ingen roll
hur nedstämd
du än känner dig,
så kan du uppleva leendet
mer eller mindre helande.
Det snirklar sig fram kring munnen –
och på så sätt räddar det ansiktet
från att frysa till is.

ANTHONY EUWER (1877–1955)

Rynkor
borde bara visa,
var det har funnit
leenden.

MARK TWAIN
(1835–1910)

Skrattgropar borde aldrig
opereras bort.
Spåren efter känslor
är av större värde
än konstlad
ungdom.

PAM BROWN, F.1928

Le alltid tillbaka mot små barn.
Att ignorera dem
betyder att förstöra deras tro
på att världen är god.

PAM BROWN, F.1928

Saker som får mig att le:

Att promenera på landet i nyfallen snö,
får mig att le. Att få syn på en rödhake
som glatt sjunger för sig själv på en snöig gren,
påminner mig om människors glädje.
Glänsande paket får mig att tänka på,
alla de människor som har tänkt på mig
och köpt presenter till mig.
Att titta på en liten pojke som öppnar ett paket
och se ögonen lysa upp som små stjärnor
när han drar av omslaget från sin present -
det får mig att le.

CATHERINE POTTER, 14 ÅR

Ingen behöver ett leende så mycket
som den som inte kan le tillbaka.

DEBRA JEPPESEN

LÄR DIG ATT HÄLSA DINA VÄNNER
MED ETT LEENDE.
DE BÄR PÅ ALLTFÖR MÅNGA BEKYMMER
I SINA EGNA HJÄRTAN,
FÖR ATT DU SKA BESVÄRA DEM MED DINA.

MARY ALLETTE AYER

När en människa är alltför trött
för att ge dig ett leende,
ge henne då ett av dina.

SIGNATUREN "LIZ", UR "FRIENDSHIP BOOK
OF FRANCIS GAY 2002"

Det finaste av alla leenden
är ett litet barns.
I det finns ingen falskhet
eller beräkning.
Det är ren glädje.

PAM BROWN, F.1928

Det lilla barnet har lärt sig att le
och leendena brinner
av som fyrverkerier
och lyser upp våra hjärtan.
Glädje fyller rummet.
Vad ler vi åt?
Det vet vi inte
och det bekymrar oss inte.
Vi umgås glatt med varandra
och leendena är det yttre tecknet
på vår stora glädje.

JOAN LOWERY NIXON, F.1927,
FRÅN "THE GRANDMOTHER'S BOOK"

Det är de små, till synes obetydliga,
enkla gesterna som gör livet uthärdligt.
Ett leende, en beröring, ett ord,
en vänlig handling.

PAM BROWN, F.1928

En liten vänlig handling kan återställa
ens tilltro till mänskligheten!
Tacka gud för vänliga läkare –
och uppmuntrande kvinnor i kassan!

CHARLOTTE GRAY, F.1937

Jag älskar leenden och skratt.
Om man önskar fler leenden i livet,
måste man skapa
de rätta möjligheterna för dem...
Och hur kan man åstadkomma det?
Verkligen inte genom ilska, avundsjuka,
extrem girighet eller hat
utan genom verklig kärlek,
ett öppet sinne och uppriktighet.

DALAI LAMA, F. 1935

Le och du undgår att hata.

JAPANSKT ORDSPRÅK

Den som sprider solsken
in i andras liv, kan inte hålla
det borta från sig själv.

SIR JAMES M. BARRIE (1860–1937)

Det är den sång man sjunger
och de leenden man sprider,
som får solen att lysa
överallt.

JAMES WHITCOMB RILEY (1849–1916)

Ett leende
som kommer inifrån
kräver ingen kraft.

ANNE SWÄRD

Skratt kan kännas bättre
än hedersbetygelser; värdefullare än pengar;
mer renande för sinnet än något annat.

HARRIET ROCHLIN

Alla har vi väl upplevt att en
uppmuntrande vän är som en solig dag,
som sprider sitt livgivande ljus överallt;
och de flesta av oss kan, om vi vill,
göra denna världen antingen till ett
slott eller till ett fängelse.

SIR J. LUBBOCK (1834–1913)

Människorna har bara ett
verkligt effektivt vapen
och det är leende.
Ingen kan stå emot ett leende.

MARK TWAIN (1835–1910)

... du kan lura din fiende genom att le.
Det kan låta märkligt, men jag försäkrar dig,
att det är sant.
En fiendes styrka
försvagas genom ditt leende.

SRI CHINMOY, UR "THE WINGS OF JOY"

NÄR VI ANVÄNDER GÅVAN
ATT GRÅTA ELLER ATT LE,
FINNS DET INGET SOM KAN BLI FEL.

GRANDMOTHER PRINCESS MOON FEATHERS

En vandrare som mödosamt
tar sig fram till en avlägsen by
och hälsas av leenden
känner sig hemma i den byn.

PAM BROWN, F.1928

Leenden är

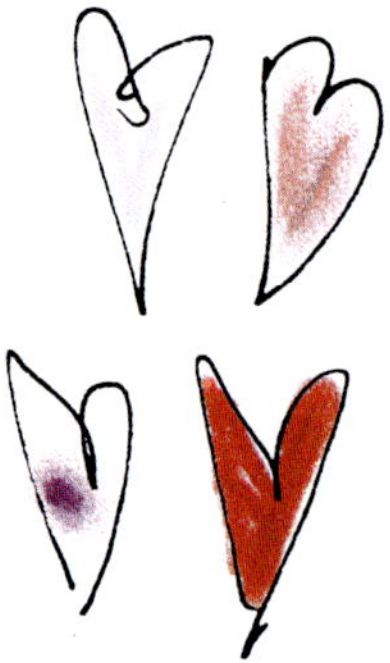

kärlekens språk.

J.C. AND A.W. HARE

Vi ler i samförstånd, då vi hälsar,
som ursäkt och då vi gillar något.
Leendet är utan tvekan
det viktigaste gemensamma
uttrycket för känslor.

DESMOND MORRIS, F. 1928

EN ENSAM MÄNNISKA.

EN ANNAN

ENSAM MÄNNISKA.

ETT BLYGT LEENDE,

ETT VÄNLIGT SMIL.

TVÅ LYCKLIGA MÄNNISKOR.

HELEN EXLEY

Den har lärt mycket
som kan möta oförätter
med ett leende.

OKÄND FÖRFATTARE

DU GER MIG BLOMMOR –

MEN DITT LEENDE

LEVER LÄNGRE ÄN BLOMMORNA.

MAYA V. PATEL, F. 1943

Leendet är ett universellt språk
som alla förstår.
Det krävs färre ansiktsmuskler
för att le än att se bister ut.
Prova att le och samtidigt känna ilska
eller irritation – du kommer att upptäcka
att det nästan är omöjligt.
Det finns en rak förbindelse mellan
mungiporna och maggropen.

ANNE SWÄRD

Den som inte kan le
ska inte öppna en affär.

OKÄND

Hjärtat prövas genom bekymmer,
och sådana kommer alltid med åren.
Det värdefullaste leendet
är det som lyser genom tårar.

ELLA WHEELER WILCOX (1850–1919)

Leenden når svårtillgängliga platser.

STEVE WILSON

Skratt sätter blodet i svallning,
får bröstet att vidga sig och nerverna att dallra
Det sopar rent i en trög hjärna
och ger hela systemet
en renande återhämtning.

OKÄND FÖRFATTARE

När man bekymrar sig om sin kista,
slår man utan tvekan i fler spikar i den.
Och varje lyckligt skratt drar ut en.

JOHN WOLCOT (1738–1819)

En del människor
har ett lyckligt leende
och när andra ser det blir de glada.

SUSANNAH MORRIS, 10 ÅR

SALLY HAR ETT LEENDE, SOM JAG ÖNSKAR VORE DET SISTA JAG SER I LIVET.

WALLACE STEGNER (1909–1993)

Måtte ingen
någonsin besöka
dig utan att gå iväg
och känna sig bättre
och lyckligare.
Alla borde se vänlighet
i ditt ansikte,
i dina ögon, i ditt leende.

MOTHER TERESA (1910–1997),
FRÅN "HEART OF JOY"

Du log
och talade till mig
om ingenting,

ch jag kände att
detta hade jag väntat på länge.

RABINDRANATH TAGORE (1861–1941)

Texträttigheter: Exley Publications tackar för tillstånd att återge följande texter: Christopher Reeve: Utdrag från Still Me, utgiven av Hutchinson, återiven med tillstånd av The Random House Group Limited och Random House Inc. Pam Brown, Helen Exley, Charlotte Gray, Stuart och Linda Macfarlane, Maya V. Patel, Helen Thomson: återgivna med tillstånd.